Como desenvolver projetos

*As descobertas sobre o cérebro
e suas múltiplas funções que se farão nos
próximos 20 anos transformarão não apenas
nossas relações com outros seres humanos,
mas cada um de nós como educador.*

Celso Antunes

Direção geral Donaldo Buchweitz
Coordenação editorial Jarbas C. Cerino
Assistente editorial Elisângela da Silva
Autor Celso Antunes
Revisão Editorial Ciranda Cultural
Projeto gráfico Monalisa Morato

Dados Internacionais de Catalogação na Publicação (CIP)
(Câmara Brasileira do Livro, SP, Brasil)

Antunes, Celso
  Como desenvolver projetos / Celso Antunes. --
São Paulo : Ciranda Cultural, 2010.

  Bibliografia
  ISBN 978-85-380-1423-2

  1. Administração de projetos 2. Empreendimentos
3. Projetos - Desenvolvimento I. Título.

10-05229   CDD-658.4040151

Índices para catálogo sistemático:

1. Projetos : Desenvolvimento : Administração
   de empresas   658.4040151

© 2010 desta edição:
Ciranda Cultural Editora e Distribuidora Ltda.
Rua Frederico Bacchin Neto, 140 – cj. 06 – Parque dos Príncipes
05396-100 – São Paulo – SP – Brasil

1ª Edição
www.cirandacultural.com.br
Impresso no Brasil
Todos os direitos reservados.

Sumário

Capítulo I
Trabalhar com projetos: algumas interrogações 7

Capítulo II
O que é um projeto? 11

Capítulo III
Em que um projeto se diferencia de uma aula expositiva convencional? ... 15

Capítulo IV
Qual é o papel do professor no desenvolvimento de um projeto? 19

Capítulo V
Qual é o papel dos alunos em um projeto? 23

Capítulo VI
Quais são as etapas para a consecução de uma pedagogia de projetos? ... 25

Capítulo VII
Exemplos de alguns projetos bem-sucedidos 29

Capítulo VIII
Os quatro pilares 39
* **Exemplo de um projeto para "aprender a conhecer"** 39
* **Exemplo de um projeto para "aprender a fazer"** 47
* **Exemplo de um projeto para "aprender a viver com os outros"** ... 55
* **Exemplo de um projeto para "aprender a ser"** 65
Conclusão 73
Bibliografia mínima 77

Capítulo I
Trabalhar com projetos: algumas interrogações

O que é um projeto?

Trabalhar com projetos significa renunciar à exposição de aulas convencionais ou é possível alternar essas duas situações de aprendizagem?

Qual é o papel do aluno em um projeto? E o do professor?

Projetos podem ser usados em qualquer nível de ensino?

Trabalhar com projetos e ministrar aulas em escolas públicas combinam?

O volume enorme dessas perguntas, e de muitas outras possíveis e pertinentes ao tema, mostra que diversos professores fazem de uma atividade simples e eficiente um monstro assustador, ou, pior ainda, imaginam que existe uma dificuldade maior que a realidade, fogem apavorados da busca por respostas e da experiência gostosa, produtiva e interessante da descoberta, aplicável para alunos de qualquer nível de escolaridade, em qualquer disciplina, de qualquer currículo.

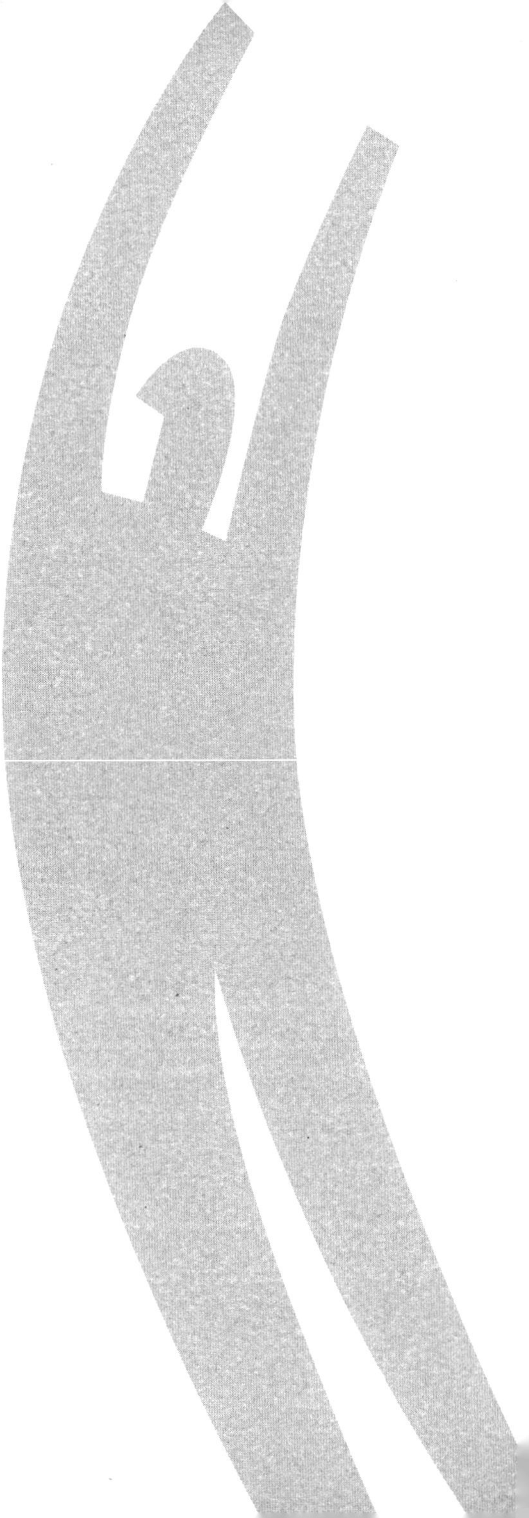

Capítulo II
O que é um projeto?

Um projeto pode ser definido como uma pesquisa específica ou uma investigação desenvolvida em profundidade, sobre um tema claramente delineado e com objetivos a serem aferidos.

Pode ser desenvolvido por uma pessoa, por uma dupla ou por um grupo, não sendo raras as situações em que a classe inteira se envolve. Pode ainda ser realizado por duas ou mais classes, ou, até mesmo, em determinadas condições especiais, por todos os alunos da escola integrados na busca e na concretização dos objetivos traçados.

É, assim, um esforço investigativo que procura respostas convincentes encontradas pelos alunos com a orientação do professor ou por uma equipe de professores. O emprego de uma metodologia em que toda a linha educacional seja alcançada trabalhando apenas com projetos é possível, e em muitos países é o que efetivamente ocorre, mas no Brasil é bem mais comum que essa metodologia seja desenvolvida de maneira não sistemática, ainda que em momentos claramente estabelecidos.

Capítulo III
Em que um projeto se diferencia de uma aula expositiva convencional?

A maneira mais correta de responder a essa questão é afirmar categoricamente: em tudo.

Mas, para que não restem dúvidas sobre essas diferenças, o quadro a seguir busca sistematizá-las.

AULA EXPOSITIVA CONVENCIONAL	PROJETO
Faz do aluno um espectador de citações que busca dominar, quase sempre memorizando, pois sabe que seu uso se restringe às provas que fará.	Transforma o aluno em um efetivo protagonista, fazendo-o descobridor de significados e transformando sua aprendizagem em domínios experimentais.
O aluno faz uso de poucas habilidades operatórias, geralmente não sistematizadas. Em geral, ouve, analisa, resume e descreve o que pode reter.	O aluno faz uso de elenco expressivo de habilidades operatórias sistematizadas pelo professor. Sabe pesquisar, analisar, sintetizar, comparar, classificar, localizar, relacionar e contextualizar.
Ao individualizar a participação do aluno, trabalha suas dificuldades de compreensão de maneira ocasional ou acidental.	Ao socializar a participação do aluno, permite que suas limitações sejam assumidas pelo grupo e superadas.
Enfatiza a motivação extrínseca, o aluno somente é motivado se o professor desperta-o e o anima.	O aluno destaca a motivação intrínseca ao descobrir-se personagem central da pesquisa, estimula-se e é estimulado pelo seu grupo.
A construção da aprendizagem significativa do aluno depende da experiência do professor.	A construção da aprendizagem significativa do aluno é sugerida pelo professor, mas é fundamentada dentro do grupo.
A avaliação é individual e, nesse sentido, pode tornar-se instrumento de exclusão, acarretando em casos de baixa autoestima.	A avaliação é globalizada e o aluno sente que o sucesso de sua experiência vale não apenas para a tarefa que cumpre, mas para seu uso em outros níveis de aprendizagem.

Capítulo IV
Qual é o papel do professor no desenvolvimento de um projeto?

Se a metodologia dos projetos muda essencialmente o papel do aluno em relação às linhas de uma instrução sistemática ou aula expositiva, o papel do professor muda também radicalmente.

Para trabalhar com projetos, é essencial que desapareça o professor proprietário único do saber e da cultura que olha seu aluno como tábula rasa dos ensinamentos que transfere. Ao desenvolver projetos, o professor mais se aproxima de um bom técnico esportivo ou, quem sabe, de um professor de música ou de pintura. Esses mestres, em verdade, não ensinam, mas atuam com firmeza ajudando o aluno a aprender a agir. Tanto o técnico esportivo como o professor de artes assistem à ação de seus discípulos, corrigindo aqui, propondo ali, desafiando sempre. Fala bem menos que o expositor, mas fala o essencial porque sabe que seu aluno aprende consigo mesmo, desde que disponha de um mediador que possa colocar-se entre a sua perspicácia e sabedoria e o universo de conhecimento que anseia compartilhar.

Nessa ação, o professor sugere iniciativas, fornece fontes, faz de respostas encontradas novas perguntas. Ao ter conhecimento de todas as etapas do projeto, organiza um cronograma para seu desempenho e, por ser conhecedor da efetiva potencialidade do aluno, instiga-o a produzir sempre, cada vez mais.

Quando um professor o faz, não se forma para ministrar aulas expositivas ou para ser condutor de projetos e, por essa razão, professores eficientes no desempenho dessa atividade não nascem prontos, mas se autoconstroem, renunciando seu velho papel de expositor por descobri-lo inútil, assumindo sua nova posição por sabê-la essencial para a aprendizagem significativa.

Capítulo V
Qual é o papel dos alunos em um projeto?

O aluno que participa de um projeto bem-desenvolvido é essencialmente um protagonista ou um ator, que deixa sua apatia de ouvinte para tornar-se uma pessoa encarregada de buscar saídas, propor soluções, encontrar caminhos. Por todas essas razões é que o professor pode determinar quando terá início o projeto que vai desenvolver, mas jamais será capaz de antecipar com clareza os limites desse alcance. Estimulado pela busca e envolvido pela sua condição de agente de sua própria aprendizagem, o aluno surpreende seus professores sobre como e onde pode chegar nas suas buscas.

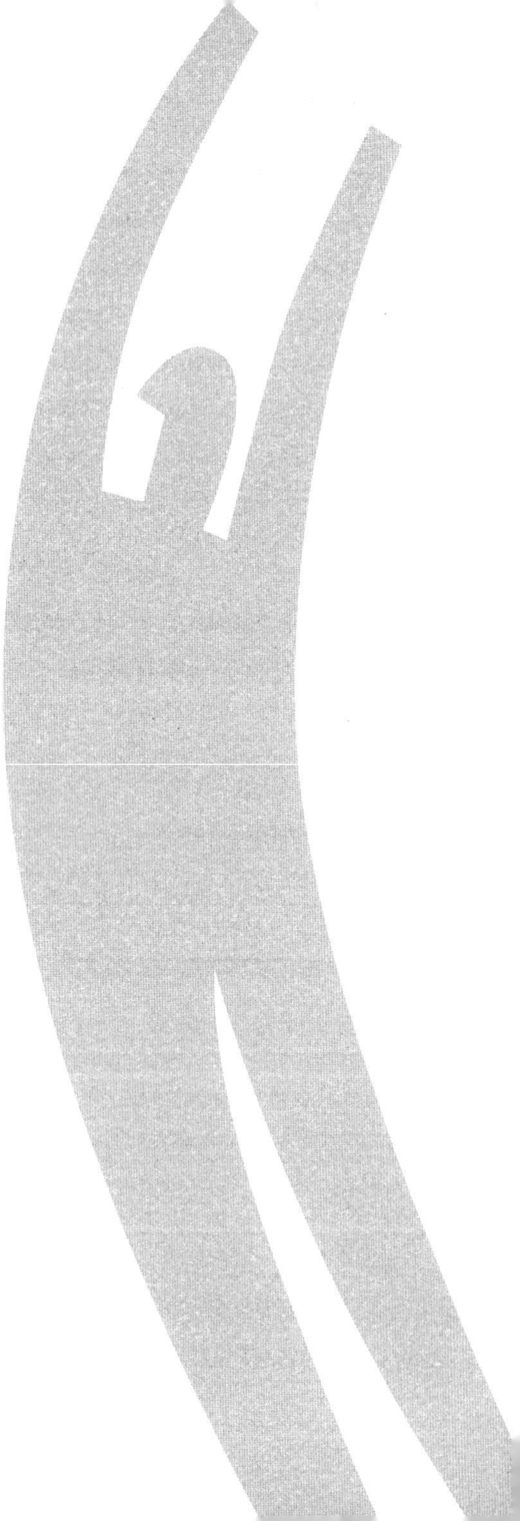

Capítulo VI
Quais são as etapas para a consecução de uma pedagogia de projetos?

Abaixo, há uma síntese sobre as etapas dessa situação de aprendizagem.

ETAPAS	PROCEDIMENTOS
A escolha do tema	O trabalho com a metodologia dos projetos somente se justifica quando os alunos colocam seu interesse e sua energia na busca de temas relevantes, essenciais para a aprendizagem no programa da disciplina. O ideal é que a escolha dos temas se desenvolva no consenso entre a orientação do professor e a curiosidade dos alunos.

Os passos	Objetivos Perguntas Fontes Habilidades operatórias Ideias-âncoras e conceitos
Fases	A metodologia dos projetos pode ser trabalhada em qualquer faixa etária e não existe limite material que o inviabilize. O importante é que o professor que trabalha com projetos acredite na significação da mudança e concretize essa experiência.

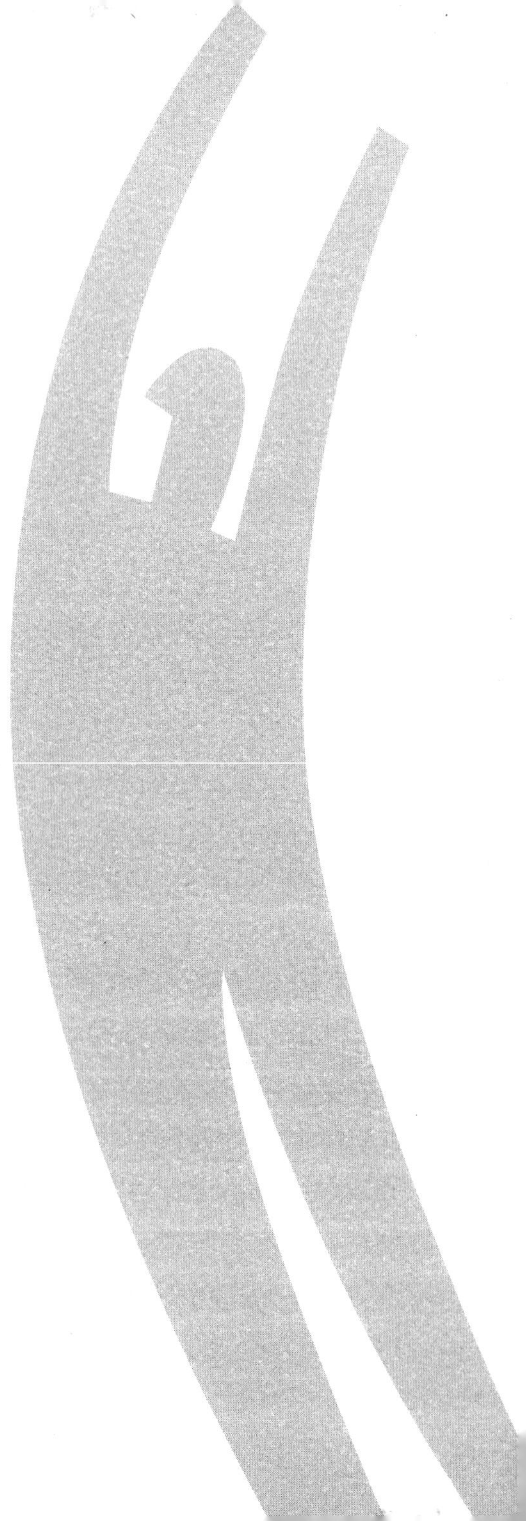

Capítulo VII
Exemplos de alguns projetos bem-sucedidos
Uma maneira nova de pensar conteúdos

Ao chegarem à pequena escola municipal, os alunos surpreenderam-se com a novidade. Nas paredes, presos às árvores, em tiras que se desprendiam do teto e até mesmo no banheiro, apareciam cartazes feitos de cartolina, nos quais, com letra nítida e caprichosa, diferentes perguntas eram insinuadas. "Por que a água borbulha quando ferve?"; "Por que o mar é salgado?"; "Por que as plantas crescem sempre para o alto?"; "Por que morremos?"; "É possível não pensar?"; e muitíssimas outras questões.

Surpreendidos com o desafio e com a estranha "decoração" que a escola assumira, os alunos se empolgaram e corriam de um lado para outro, descobrindo e comentando novas e intrigantes questões e envolvendo-se em discussões sobre qual a mais original, quais sabiam ou não. Mas, bem maior que todas essas era a pergunta que todos se faziam: "Quem fez esses cartazes?", "Por que nossa escola foi decorada assim?", "Por que o ano letivo começava assim de forma tão diferente de outras escolas ou daquela mesma, em outros tempos?"

Quando o sinal soou e os alunos foram para suas classes, o mistério se desfez e os diferentes professores explicaram o sentido daquelas questões e as razões propostas por tão ousado desafio. Cada um com seu jeito, e de sua maneira, tratou de explicar que aquelas questões sintetizavam pontos específicos de diversos currículos e que, no ano que se iniciava, seriam respondidas durante as diferentes aulas ministradas. Explicaram que espalhadas pelo pátio existiam perguntas de Língua Portuguesa, História, Geografia, Matemática e das outras disciplinas convencionais. Mas, sobretudo, a maior parte das questões propunha desafios interdisciplinares e que, portanto, a resposta à mesma questão apresentada em Matemática, por exemplo, poderia diferir da resposta trazida pela História, pois, como explicado, diferentes disciplinas apresentam pontos de vista distintos.

Os docentes comentaram ainda que as questões ali distribuídas, na verdade, foram construídas pelos próprios alunos. Por acaso não estavam lembrados que, no final do ano anterior, receberam uma folha em branco para expressarem aquilo que gostariam de saber, sobre os mais variados assuntos? Pois bem: os professores buscaram em suas disciplinas essas repostas, deram-lhe um formato compatível com os conhecimentos de cada turma e depois, simplesmente as escreveram em pedaços de cartolina que foram usados para a insólita decoração do pátio.

Então, os alunos perceberam que poderiam conhecer as respostas a essas questões frequentando as aulas. Mais ainda, perceberam que o currículo que se discutiria não seria "algo exógeno", trazido de fora, mas que havia sido construído pela curiosidade humana, pela vontade de melhor aprender para viver melhor. Os professores lembraram também que as questões propostas pelos alunos se juntaram a outras obtidas com as dúvidas da comunidade e ainda outras que, eles próprios, professores, ousavam perguntar-se. As aulas não passariam a representar uma sequência inerte de perguntas e respostas, mas, ao contrário, nos relatos que fariam, nos projetos que buscavam desenvolver, nas estratégias de desafios que haviam preparado, as respostas, de maneira sutil, mas insinuante, pouco a pouco se construiriam.

Essa escola, singela como outras tantas que ousam inovar seu currículo, buscou dar "cor" e "vida" às aulas e, de forma criativa, mostrou aos alunos que não é necessário existir um abismo entre os saberes essenciais para se viver e os outros, que possuem a função inútil que as escolas cultivam apenas para avaliar e para atormentar seus alunos.

TUDO SOBRE FUTEBOL

OBJETIVOS
Ano de Copa do Mundo. Envolvidos pela mídia, o futebol passa a ser

o eixo do interesse dos alunos. Os professores de Geografia, História, Educação Física, Artes, Matemática, Língua Portuguesa e Ciências resolvem aproveitar o evento para desenvolver um projeto multidisciplinar que explore essa curiosidade da classe e permita a compreensão significativa de conceitos curriculares básicos para o 6º ano. A ideia é proposta às classes que a aprovam com empolgação.

PERGUNTAS

Os professores das disciplinas envolvidas no projeto fazem cuidadoso levantamento de temas curriculares que fazem parte do planejamento pedagógico da escola e buscam estabelecer uma associação entre esses temas e os jogos da Copa do Mundo, transformando-os em perguntas desafiadoras e atraentes. A Geografia explora a localização e as características físicas, sociais e econômicas dos países participantes, a História analisa a formação dos continentes participantes, mostrando como a descolonização trouxe ao mundo novos países e como as guerras mundiais mudaram o mapa do planeta. A Educação Física explica a atividade muscular envolvida no futebol e, nesse sentido, associa-se a Ciências. A Matemática explica a lógica que envolve a formação de tabelas e ensina gráficos sobre a apresentação de resultados. Redações são propostas, um jornal semanal é organizado e boletins são sugeridos.

FONTES

Os livros didáticos utilizados constituem fontes essenciais para a pesquisa de desafios propostos, mas revistas, jornais e Internet são requisitados para subsídios mais amplos. O futebol passa a ser um importante "pano de fundo" para descobertas sugestivas sobre a relação do esporte com a literatura, e a Matemática usa a bola como referência para a compreensão de força, movimento e funções algébricas. Remontam-se situações singulares de Copas do Mundo anteriores e as contusões se transformam em um laboratório de Ciências. Diferentes linguagens para explicar fatos são requeridas e as aulas de Artes transformam a escola em um grande ateliê.

HABILIDADES OPERATÓRIAS

Novos aprofundamentos sugerem novas perguntas e os alunos nesta fase precisam analisar textos e descobrir nas mensagens em que intensidade são requeridas as habilidades operatórias. Programas de televisão sobre a Copa são observados para que se descubram diferenças entre fatos e opiniões, comentários e críticas, análises e comparações. Notícias sobre o esporte servem de referência para outros tipos de notícias e reportagens diversas.

IDEIAS-ÂNCORAS E CONCEITOS

Os professores se animam com a empolgação dos alunos, mas não se deixam desviar do enfoque essencial, buscando contextualizar temas que seriam habitualmente trabalhados em sala de aula, independente da realização ou não da Copa do Mundo. Dessa maneira, o projeto não atrasa a programação prevista e durante seu desenvolvimento, os alunos contextualizam os fundamentos essenciais dos conteúdos das disciplinas envolvidas, relacionando-os ao projeto e, portanto, à Copa do Mundo. É essencial que exista uma adaptação do cronograma dos temas a serem trabalhados com os que se ligam ao projeto, mas, de forma alguma, o futebol, as disputas, a integração entre as equipes e o trabalho solidário dos alunos, afasta-os do domínio de temas específicos das disciplinas trabalhadas. O eixo que permite essa associação está naturalmente nas "perguntas e desafios" que devem buscar responder e que sempre ligam o que estudam, com tudo aquilo que pesquisam e descobrem. Nesse sentido, por exemplo, cabe mais adequadamente uma Geografia Geral que uma específica Geografia do Brasil, mais uma História Geral que exclusivamente temas brasileiros, pois, sendo a Copa do Mundo um assunto globalizado, essas mudanças de rota se fazem essenciais.

FASES

ABERTURA DO PROJETO

O evento se identifica com uma abertura da Copa do Mundo e com o aprofundamento geográfico e histórico de cada continente e de cada país participante. É uma oportunidade para que se mostre qual conteúdo disciplinar o projeto irá desvendar para cada uma das disciplinas que o integram.

DESENVOLVIMENTO

Apresentação (individual ou coletiva) por meio de respostas conquistadas, textos elaborados, desenhos e pinturas, coral de apresentação das conquistas literárias e científicas de alguns países, representação de "equipes" constituída por escritores, poetas, cientistas e pesquisadores das principais nações participantes.

É importante que o professor possa envolver os temas pesquisados com o cotidiano do aluno, para que contextualize o que aprende com o que investiga.

CONTEXTUALIZAÇÃO

É a fase mais difícil e mais importante do projeto, quando os alunos terão a oportunidade de mostrar que o tema desenvolvido não "abriu um parêntese" na dinâmica escolar e sim propiciou um remanejamento de assuntos, associando-os a uma importante competição esportiva. É evidente que as equipes de alunos aprenderão muita coisa sobre cada país participante da Copa, mas nem por isso deixarão também de assimilar as ideias básicas e essenciais do currículo trabalhado, enquanto o projeto durar.

AS MUITAS LINGUAGENS

Os resultados das respostas e das pesquisas concluídas precisarão ser mostrados a todos e apresentados à comunidade e, nesse sentido, é interessante o uso de múltiplas linguagens da expressão humana. O que se aprendeu, apresenta-se com textos, desenhos, jograis, telas, sites, apresentação de fotos, jornais escritos e falados e outras formas de apresentação. Uma possibilidade interessante é que cada uma das disciplinas envolvidas seja apresentada por uma das muitas linguagens artísticas e, dessa forma, textos podem sintetizar o que se aprendeu em Língua Portuguesa, cartazes conceituais mostram o que se aprendeu em Ciências, desenhos, fotos e outras ilustrações para a Geografia, fotos de jogos da Copa trabalhadas podem ajudar a mostrar a Matemática, ilustrações de cenas da concentração ou mesmo de jogos ajudam a explicar a Educação Física e a disciplina de Artes coordenará as linhas que estruturam essas múltiplas apresentações.

LINHA DO TEMPO OU CRONOGRAMA

Todo projeto bem pensado e bem executado exibe com clareza o início e o fim dos trabalhos e, entre esses extremos, um minucioso cronograma das atividades programadas e das soluções requeridas.

AVALIAÇÃO

A avaliação será organizada pela equipe de professores envolvidos, com critérios claramente delineados e com a preocupação de se acompanhar o progresso das equipes, enquanto grupo social, mas também dos alunos, enquanto membros de uma equipe. Não se descarta a possibilidade de provas, testes, gincanas e nem mesmo da solicitação de pessoas da comunidade para uma ajuda no julgamento artístico dos muitos trabalhos realizados. A avaliação não deve ser etapa de culminância ou conclusão, mas procedimento presente em cada dia, em todas as aulas, nas múltiplas oportunidades.

Capítulo VIII
Os quatro pilares
Exemplo de um projeto para "aprender a conhecer"

OBJETIVOS

Quando buscamos a fundamentação sobre os "Quatro Pilares da Educação" já se tornam claros os objetivos que justificam o desenvolvimento deste projeto, devendo, pelas estruturas que o caracterizam, ser adaptado para alunos de todas as séries do Ensino Fundamental. Como a aprendizagem do "Aprender a Conhecer" busca desenvolver nos alunos a aquisição dos instrumentos do conhecimento, o projeto visa um trabalho interdisciplinar, ensinando as práticas de **colher informações, compreendê-las e contextualizá-las à vida e ao entorno da escola** e, finalmente, **desenvolver o domínio de ferramentas para uma pesquisa escolar** que não dispensa os caminhos da metodologia científica. Com a finalização do projeto, será interessante que os alunos possam fazer uso daquilo que aprenderam em tarefas propostas por seus professores ou em busca de conhecimentos, motivados pela alegria de saber mais e melhor.

PERGUNTAS

Nesse projeto em especial, as questões desafiadoras que deveriam nortear a busca de soluções precisam estar ligadas ao "aprender a aprender" e, portanto, devidamente adaptadas a esse contexto, como as do exemplo que se seguem:

- Qual é a melhor maneira de ler e compreender um texto?
- Qual é a melhor forma de tirar o máximo de proveito de uma aula?
- Como fazer um resumo ou organizar fichas de leitura?
- Como fazer uma boa pesquisa?
- O que deve caracterizar uma boa redação ou outros tipos de textos?
- Qual é a melhor maneira de estudar?
- Como aprender matemática e conteúdos exatos?
- Como não se esquecer do que aprendeu?

E inúmeras outras levantadas pelos próprios alunos e que se referem a estratégias para superarem desafios da aprendizagem.

FONTES

Textos e buscas na Internet sempre se referindo aos temas que envolvem meios e processos de aprendizagem. Em especial, indicamos *A Grande Jogada – Manual Construtivista de Como Estudar*. É importante que entre as fontes selecionadas esteja incluída a consulta aos professores da escola, a outros especialistas e pesquisa bibliográfica dirigida, facilmente acessada por sites de busca, quando houver essa possibilidade.

HABILIDADES OPERATÓRIAS

Com os resultados e as propostas obtidas e após debate com o grupo e os professores que os acompanham, procure **organizar essas respostas, compará-las, analisar as que considera mais pertinentes, sintetizar seus fundamentos** e, principalmente, **aplicar** os resultados obtidos a matérias do currículo. A finalidade essencial desse projeto não é apenas levar os alunos a descobrirem procedimentos necessários à aprendizagem, mas principalmente **transformar os resultados em ação concreta e que possa facilitar sua aprendizagem**. É importante frisar que os alunos apresentam sempre **diferenças de estilos e de rapidez nos processos de aprendizagem e que, portanto, não devem prevalecer resultados que sejam válidos para todos, mas caminhos que cada aluno adaptará ao seu estilo e à sua velocidade na capacidade de transformação.

IDEIAS-ÂNCORAS E CONCEITOS

Destacar frases e afirmações que, como verdadeiras manchetes jornalísticas, evidenciem a síntese dos resultados do projeto. Essas afirmações ou sentenças necessitam ser claras e expostas em diferentes ambientes, sinalizando como resultado do projeto os **procedimentos e meios** que passarão a ser utilizados pelos alunos e cobrados pelos professores nos múltiplos desafios que propõem.

FASES

É interessante discutir com todo o grupo as etapas do projeto e, dessa forma, promover uma reflexão e discussão sobre o que se fará em primeiro lugar e quais as etapas subsequentes e também quais alunos do grupo se ocupam com maior ênfase desta ou daquela etapa. Todo bom projeto pedagógico não dispensa que cada aluno conheça seu papel e seja avaliador do seu desempenho.

As fases convencionais apresentadas anteriormente – Abertura do Projeto, Desenvolvimento, Apresentação (individual ou coletiva, por meio de um texto, CD, coral, representação ou outra forma) – podem acolher muitas outras, sempre claramente registradas.

CONTEXTUALIZAÇÃO

No caso específico desse projeto, a contextualização tem como verdadeiro sinônimo a **aplicação daquilo que foi descoberto nas tarefas a cumprir** e que, nesse caso, é fazer uso dos resultados nas aulas, nas tarefas e nos trabalhos solicitados em todas as disciplinas. Jamais **aprender a conhecer** se isola do uso das estratégias descobertas no cotidiano da vida do estudante.

AS MUITAS LINGUAGENS

Todo bom projeto necessita de **copiosa e ampla divulgação**, que deve envolver **diferentes linguagens, diferentes inteligências**. As frases ou "manchetes" que sintetizam as conquistas devem ser expressas em **sentenças, textos curtos, desenhos diversos, múltiplas colagens** e, de maneira alguma, deve-se afastar a possibilidade da apresentação dos resultados por meio de **jograis, teatralizações** ou ainda com a criação de **paródias,** expressando de muitas formas o que foi possível "aprender sobre como conhecer".

LINHA DO TEMPO OU CRONOGRAMA

A linha do tempo ou a elaboração de um cronograma sobre as etapas do projeto, desde sua apresentação até a avaliação final deve ser prevista pelo professor e assumida pelos alunos, circunstância que, entretanto, não impede que sofra mudanças ou pequenas adaptações ao longo do percurso. Algumas vezes, a execução de um projeto leva os alunos a descobrirem situações interessantes que ainda não haviam sido levadas em consideração, antes não pensadas, e que para serem contempladas exigem uma reformulação do cronograma inicial.

AVALIAÇÃO

Durante todas as etapas do projeto, os alunos são acompanhados e avaliados por sua dedicação, esforço, consciência dos objetivos do projeto, desempenho e capacidade de trabalhar harmoniosamente em grupo. A avaliação deve expressar a diversidade dessas atuações, não como crítica aos alunos, mas como ferramentas de sua capacidade de compreensão do empenho. É essencial que a avaliação da participação do aluno em um projeto possa oferecer informações a cada um sobre seus avanços, mas também sobre seu interesse, motivações, necessidades e os problemas enfrentados. A boa avaliação é sempre **formativa** e, por esse motivo, deve ser instrumento de benefício pessoal a cada aluno participante, além de **basear-se mais na observação da atividade cotidiana do aluno** que em momentos pontuais ou mesmo em resultados apresentados. Mas, que nessa avaliação, o professor não se esqueça de levar em conta a **diversidade individual, cultural e linguística de seus alunos e de não causar tensão ou ansiedade.**

Exemplo de um projeto para "aprender a fazer"

OBJETIVOS

O objetivo do projeto é ajudar o aluno a transpor o que estuda e aprende na escola com o mundo do trabalho e com uma formação técnico-profissional. Não se trata de testes vocacionais e nem mesmo de uma relação de profissões, mas de uma plena compreensão sobre o real significado de "competências" e de "habilidades", com intuito de aplicar na prática conhecimentos teóricos. O aluno poderá perceber em si as diferenças entre "interesse" e "aptidão". Esse projeto é interessante para qualquer nível de escolaridade e os exemplos que aqui serão demonstrados somente poderão representar importante estratégia de ação do aluno, quando devidamente adaptados à sua idade.

PERGUNTAS

As questões propostas e que deverão representar a linha condutora do projeto devem despertar nos alunos a busca de aplicações concretas para aprendizagens de conteúdos e, dessa forma, buscar o alcance das disciplinas escolares em diferentes atividades profissionais. Por exemplo:

- Em quais oportunidades a Geografia é necessária a um advogado?
- Por que é importante que um médico conheça Matemática?
- Por que a Língua Portuguesa é uma importante "ferramenta" para engenheiros?
- Quando os arquitetos precisam saber Ciências para um trabalho de maior qualidade?
- Que uso um professor de Língua Inglesa faz da aprendizagem de Artes?

Mas, muito além dessas relações, é interessante que os alunos percebam as muitas profissões que estão ao seu lado e em seu cotidiano e que busquem associar essas práticas a esses ofícios. Por exemplo:

- Por que aprender Ciências ajuda uma costureira?
- Como um jardineiro protege o meio ambiente?
- Como a História ajuda um vendedor de aparelhos elétricos?
- Por que é importante aprender a Língua Portuguesa para defender um ponto de vista?

- Como assistir a uma partida de vôlei pensando matematicamente?

E, como essas, inúmeras outras questões podem surgir de um debate com os alunos e a busca das respostas pode materializar o **aprender a fazer**, associando-o ao **aprender a conhecer.**

FONTES

As entrevistas representam fontes essenciais ao trabalho de pesquisa dos alunos. Algum reforço bibliográfico e pesquisas na Internet podem ajudar, mas a missão do projeto não é levar os alunos a "respostas prontas" e opinativas, mas a descobertas na conversa com pessoas. Entre estas, dois polos se destacam: **o professor da disciplina**, que explana relações da matéria que ensina ao mundo das competências e, portanto, do **saber fazer**, e o trabalhador que, narrando como realiza sua função, permite aos alunos as necessárias associações.

HABILIDADES OPERATÓRIAS

Algumas habilidades ganham especial destaque nesse projeto, ainda que um grande elenco de outras também estejam presentes. Para que os alunos descubram o **saber fazer**, necessitam **comparar**, mas a eles não é menos importante **observar, conhecer, classificar, criticar, concluir e conceituar.** Essas operações, no entanto, devem ser exploradas de maneira objetiva pelo professor, mostrando como esses verbos são aplicados e como devemos trabalhar para melhor compreender os resultados das pesquisas realizadas.

IDEIAS-ÂNCORAS E CONCEITOS

A qualidade de um projeto sempre se manifesta por meio das **conclusões** a que se chega e são justamente essas conclusões, as ideias-âncoras e os conceitos, que devem ser exaltados. Sempre tendo como meta a busca do **saber fazer**, o professor deve colher com seus alunos quais ideias o projeto despertou, o que antes não conheciam e que, após sua conclusão, aprenderam a conhecer. É importante que se dê ênfase e grande destaque a essas ideias, apresentando-as em faixas, exibindo-as em painéis e, dessa forma, socializando a aprendizagem do **saber fazer.**

Nada impede que o projeto possa buscar **apenas um ofício e uma profissão.** De qualquer forma, essa maior ou menor amplidão nas pesquisas não diminui o destaque que deve ser dado às conclusões a que os alunos chegaram e que, em última análise, relaciona os objetivos da pesquisa com as ideias-âncoras estabelecidas.

FASES

A proposta deste texto é que se sinalize momentos diferenciados para cada etapa. A **abertura do projeto** é o momento em que se comunica os objetivos, estratégias e a missão final. Durante o **desen-**

volvimento se mostra o papel de cada aluno, as interações grupais e o cronograma das atividades. A conclusão e a sempre necessária **apresentação dos resultados** são seguidas de uma consciente e coerente **avaliação** do desempenho dos alunos e do alcance do projeto, indagando se foram seus objetivos alcançados (ou superados) e a importância desse **saber fazer** para um **melhor viver.**

CONTEXTUALIZAÇÃO

É, sem dúvida, a parte mais importante do projeto. Essa etapa vai mostrar até que ponto os alunos efetivamente **se apropriaram do projeto** e, nesse sentido, não restringiram sua duração ao tempo da execução. Ao contrário: puderam perceber a dimensão do **saber fazer** como complemento do **saber conhecer.**

AS MUITAS LINGUAGENS

Um complemento interessante do projeto reside no fato dos alunos se mostrarem capazes de comunicar a outros seus resultados por meio da **linguagem escrita** e também da **linguagem oral.** Da linguagem **pictórica** (desenhos, colagens e fotos) para a linguagem **cinestésica** (dança e movimentos) e desta para a linguagem **lógico-matemática,** expressando resultados em gráficos e tabelas. Não se esquecendo de colher depoimentos dos participantes, das **descobertas realizadas** e das **emoções sentidas.**

LINHA DO TEMPO OU CRONOGRAMA

É impossível antecipar quanto deve durar um projeto como o que se descreve, pois a sugestão revela ampla mobilidade e infinitas formas de alteração. Mas, aqueles que veem essa dificuldade na síntese que se apresenta, jamais a concretizarão, pois, desde o **planejamento do projeto**, destacam etapas e enfatizam uma previsão de tempo para cada uma delas.

AVALIAÇÃO

Durante todas as etapas do projeto, os alunos necessitam ser acompanhados e avaliados por seu empenho, dedicação e esforço e por sua consciência dos objetivos dos propósitos do **saber fazer**. É importante que eles possam ser críticos de seu desempenho e de sua capacidade de trabalhar harmoniosamente em grupo, e a avaliação deve expressar a diversidade dessas atuações como ferramentas de sua capacidade de assimilação e dedicação.

É essencial que a avaliação da participação do aluno em um projeto possa oferecer informações sobre seus progressos, mas também sobre seu interesse, motivações, necessidades e desafios enfrentados.

Exemplo de um projeto para "aprender a viver com os outros"

Desenvolvemos em inúmeras oportunidades o projeto que abaixo se sintetiza. Ainda que aplicado especificamente para alunos de 5 a 7 anos de uma escola particular de São Paulo, pode ser transferido sem dificuldade para outros níveis e para outros alunos, desde que se promovam algumas adaptações. Consideramos o emprego desse projeto absolutamente essencial. A amizade constitui um dos mais sólidos valores conquistados pela humanidade, a escola representa o palco ideal para sua prática e raramente se identificam preocupações nesse sentido. O pátio da escola brasileira, que deveria representar o cenário essencial para a prática da solidariedade, a grande sala de aula para que os alunos aprendessem a viver com os outros, pela falta de iniciativas e projetos, infelizmente pode se transformar em ambiente de competição e guerrilha, teatro da exclusão e o triste lugar da violência e do *bullying.*

OBJETIVOS

- Desenvolver competências sociais em crianças de 5 a 7 anos;
- Mostrar como serem amigas;
- Exercitar identificação, sensibilidade e fala pública sobre diferentes sentimentos;
- Destacar como podem lidar com as quatro emoções básicas: medo, alegria, tristeza e ira; e
- Ajudar a expressar sentimentos que lhes desagradam.

PERGUNTAS

Como desafio, propusemos debates sobre algumas questões, entre as quais se destacavam:

- O que é a amizade?
- Amizade é o mesmo que amor?
- O que é um amigo de verdade?
- Qual é a importância de um amigo?
- O que é o medo?
- Que coisas nos fazem felizes?
- Por que ficamos tristes?
- O que nos deixa com raiva?
- Como não falar a um amigo?

- Como falar a um amigo?

E inúmeras outras do mesmo tipo, levantadas pelas próprias crianças.

RECURSOS NECESSÁRIOS

- Recursos materiais: cartolinas, canetas hidrográficas, revistas velhas (outros recursos materiais, são necessários caso se faça opção por um treinamento e expressão das múltiplas inteligências);
- Recursos humanos: um a dois mediadores previamente treinados.

FONTES

Embora não seja imprescindível um amparo bibliográfico, os professores (mediadores) participantes do projeto descrito fizeram pesquisas nas obras indicadas abaixo:

ANTUNES, Celso. *Alfabetização Emocional.* Petrópolis: Editora Vozes, 7ª edição, 1999.

_____. *Fascículo 6 da Coleção Na Sala de Aula / A Alfabetização Moral em Sala de Aula e em Casa, do Nascimento aos 12 Anos.* Petrópolis: Editora Vozes, 2ª Edição, 2002.

_____. *Fascículo 7 da Coleção Na Sala de Aula / Um Método para o Ensino Fundamental: o Projeto.* Petrópolis: Editora Vozes, 2ª Edição, 2002.

_____. *A Construção do Afeto.* São Paulo: Augustus Editora, 4ª edição, 2001.

_____. *Fascículo 3 da Coleção Na Sala de Aula / Como Desenvolver Conteúdos Explorando as Inteligências Múltiplas.* Petrópolis: Editora Vozes, 2ª Edição, 2002.

LeDOUX, Joseph. *O Cérebro Emocional.* São Paulo: Editora Objetiva, 1998.

RESTREPO, Luis Carlos. *O Direito à Ternura.* Petrópolis: Editora Vozes, 2ª edição, 1998.

HABILIDADES OPERATÓRIAS

- Afetividade;
- Autoestima;
- Otimismo;
- Controle dos impulsos;
- Empatia – compreensão do outro;
- Prestatividade e solidariedade;
- Sinceridade;
- Empatia no ouvir;
- Comunicação interpessoal;
- Autoconhecimento; e
- Administração das emoções.

IDEIAS-ÂNCORAS E CONCEITOS

É importante que os alunos percebam a importância do outro em sua vida e como a prática da solidariedade e da amizade envolve ações concretas, renúncias e, muitas vezes, esforço consciente de superação do egoísmo e do egocentrismo como estratégia essencial do conviver. Mais ainda, é essencial que os alunos percebam que viver bem implica em aceitar diferenças, recusando a crer que devemos conviver apenas com pessoas iguais.

FASES

ABERTURA

Mediadores, pais, professores e pessoas da comunidade especialmente convidadas discutem e elegem as competências desejadas e a seleção de questões que a culminância do projeto deverá responder. É importante que os pais dos alunos conheçam as metas do projeto para que as reforcem nas relações de seus filhos com as pessoas que conhecem e que necessitam aprender a conviver.

TRABALHO PRÁTICO – ESTRATÉGIAS – ROTEIRO

Os professores e os mediadores escreverão roteiros de apresentações teatrais simples, cuja duração não deve exceder 15 minutos e que devem vivenciar cenas do cotidiano dos alunos. Devem envolver temas de relações interpessoais para ajudarem os alunos a aprender como serem amigos, reconhecerem e falarem sobre diferentes sentimentos, lidarem com a verdade e com a mentira, com a raiva e com a dor, com o medo e a tristeza, com a alegria e com a felicidade e como expressarem o que lhes agrada e desagrada. Essas pequenas peças podem simular situações do pátio da escola, disputa por lugares, formas de abordagem, etc.

ENSAIO

Para cada encenação haverá um grupo de "atores" e outro de "espectadores", mas todos os alunos nas diferentes peças desenvolverão ambos os papéis. Durante o ensaio não deve ocorrer a prioridade de "lições de conduta" ou julgamento sobre "atitudes certas ou erradas" ainda que o aparecimento destas possa gerar uma resposta serena e coerente por parte do(s) intermediador(es). Os mediadores poderão ou não introduzir o "ponto" com um ator que não aparece, ajudando os alunos nas falas a serem praticadas.

APRESENTAÇÃO

A apresentação de cada peça se dará de forma similar a qualquer apresentação teatral.

DEBATES

Após a encenação, deverão ocorrer os debates, envolvendo inicialmente apenas os alunos e os mediadores. **Nesses debates deve prevalecer a solicitação de opiniões sobre atitudes, gestos, posturas e ações, ainda que elas não devam suscitar julgamentos morais por parte dos professores. Não existe um tempo prescrito previamente para a duração dos debates, embora os mediadores devam mostrar sensibilidade para não o prolongarem além do tempo de interesse por parte dos alunos envolvidos.** O objetivo essencial desses debates é levar o aluno a pensar nas relações humanas e, pela internalização de sua fala, desenvolver pensamentos que se oponham a práticas de exclusão.

SÍNTESE CONCLUSIVA

Ao fim dos debates, os mediadores sintetizarão as conclusões gerais, enfatizando o que os alunos aprenderam com a atividade.

FECHAMENTO DO PROJETO

É extremamente importante destacar que os valores e os ensinamentos conquistados necessitam ser retomados em momentos e circunstâncias diferentes, internalizando-se nas atitudes dos professores, contextualizando-se aos temas curriculares desenvolvidos. Em verdade, a encenação, debate e síntese conclusiva jamais devem "encerrar" a atividade, antes é necessário abrir espaço para práticas sobre novas formas de relacionamento e emprego constante das habilidades sociais no cotidiano dos alunos.

CONTEXTUALIZAÇÃO

Embora a prática da amizade e da solidariedade possua um valor em si, nada impede que os alunos identifiquem, nos saberes escolares que aprendem, uma estreita relação entre os conteúdos e o valor social de uma comunidade unida por laços de solidariedade. Não é difícil identificar casos exemplares em História, Geografia e na Literatura, mas mesmo em Biologia é possível estabelecer relações entre a amizade humana e os vínculos de integração entre os seres vivos de qualquer nicho ecológico. É claro que no mundo animal e vegetal não existe a "amizade" da forma como é vista pelos seres humanos, mas podem ser muito educativas as referências entre os vínculos de um ecossistema e os de uma comunidade humana.

AS MUITAS LINGUAGENS

Importante atividade de reforço é, em outra oportunidade, reunirem-se os participantes do projeto solicitando que se expressem por meio de diferentes linguagens – pinturas, paródias, colagens, desenhos, corais, etc. – os valores desenvolvidos e supostamente apreendidos durante a atividade. Trata-se de uma atividade extremamente enriquecedora utilizar diferentes estratégias de comunicação, conforme as inteligências humanas suscitadas – linguística, lógico-matemática, visual-espacial, sonora, cinestésico-corporal, naturalista, intra e interpessoal – e organizar painéis ou murais expressando os valores assumidos.

LINHA DO TEMPO OU CRONOGRAMA

Como todo projeto, é essencial que mediadores e alunos possam construir um cronograma, que descreverá as previsões de conclusão de cada uma das etapas. Além dessa providência ser muito útil para o projeto, representa também uma forma de mostrar para os alunos a importância de um planejamento para a concretização de qualquer trabalho, planejamento que deve ser feito com previsão e aferição do tempo para cada uma de suas etapas.

AVALIAÇÃO

A forma de avaliação será desenvolvida por meio da comparação de relatórios organizados por todos os elementos da equipe docente considerando as atitudes dos alunos em sala de aula e no pátio da escola, antes e depois da realização de cada encenação, enfatizando a eventual **permanência**, após seis meses ou mais, de valores eventualmente assumidos.

Exemplo de um projeto para "aprender a ser"

O "ser" e o "ter", ou em sentido mais abrangente o "quê" e o "quem" são questões essenciais na educação do caráter e na formação do aluno para compreender, refletir e vivenciar valores. Atualmente, vivemos em um mundo globalizado em que se exalta o consumismo desenfreado e cada vez mais "pessoas" são confundidas com "coisas", o que se materializa por uma perspectiva de interesse e não de afeto à importância do outro. Um projeto para ajudar o aluno a "aprender a ser" é uma busca e uma reflexão sobre o autoconhecimento e uma estratégia para a descoberta de caminhos em que, melhor compreendendo, torna-se possível, mais amplamente, aceitar o outro.

OBJETIVOS

Desenvolver nos alunos a consciência da totalidade da pessoa e de sua realidade enquanto espírito e corpo, sensibilidade e sentido, responsabilidade e espiritualidade. O verdadeiro sentido de uma educação com amor não deveria ser o acalanto do sonho de apenas se desejar felicidade, mas de poder procurar as pequeninas coisas que a estruturam e, serenamente e a cada dia, construir o objetivo de buscar descobri-la. É importante que os alunos percebam, durante a concretização do projeto, que felicidade não é estado perene que se alcança para toda vida ou bem estável que se compra, e sim passos que a cada dia se dá e em cada coisa se busca encontrar. Diferente de um animal que se sente feliz quando se descobre seguro, com conforto e sem fome, a pessoa pensa, reflete, troca anseios e, sobretudo, tem sonhos que a cada minuto se alteram e em cada instante necessitam ser reconstruídos.

PERGUNTAS

Questões que ajudam o aluno a melhor conhecer-se, pensando sobre si. Exemplos:

- Quem sou eu? Quais são as minhas maiores qualidades e quais são os meus principais defeitos? Em quais coisas eu sou realmente bom?

- Quem gosta de mim? Que coisas boas veem em mim os que gostam da minha pessoa? Em quais situações senti orgulho de mim? Quais coisas me deixam alegre? Que coisas me fazem ficar tristes?

E inúmeras outras, propostas pelos alunos ou que surgem a partir das discussões dessas questões. O essencial é que os alunos, ao falarem sobre si, reflitam sobre sentimentos e valores pessoais.

RECURSOS NECESSÁRIOS

Nenhum em especial. A proposta do projeto é criar uma discussão livre em que, ao aflorar pensamentos, ocorra a internalização da fala e para isso basta o espaço de uma sala de aula ou de uma quadra, com alunos e monitores sentados em círculo.

FONTES

Este projeto não envolve leituras ou pesquisas, ainda que obras eventualmente citadas ou histórias extraídas de algum livro possam ser livremente utilizadas.

HABILIDADES OPERATÓRIAS

A competência essencial a ser explorada é o aluno **aprender a conhecer-se,** e essa aprendizagem se manifesta quando pode pensar e conversar consigo, com colegas e com monitores traçando aos poucos um verdadeiro "mapa" de sua identidade. Essa reflexão exalta habilidades como **debater, analisar, sintetizar, comparar, explicar,** entre outras.

IDEIAS-ÂNCORAS E CONCEITOS

A ideia central do projeto é encontrar respostas ao desafio de "quem sou, o que penso, de que coisas gosto e quais detesto". A partir de debates em que se confrontam opiniões espera-se, a abertura de uma consciência da individualidade pessoal do aluno e intenções de mudanças em sua maneira de agir em relação a si e em relação a seus colegas.

AS FASES

Diferentemente de outros projetos, a busca do **aprender a ser** não envolve etapas específicas. A estratégia essencial, repetida tantas vezes quanto alunos e monitores acreditarem interessantes, é criar um **espaço de diálogo e de debates** que animam as reflexões e a interiorização das ideias discutidas.

CONTEXTUALIZAÇÃO

A ideia de contextualizar é a de trazer para a realidade do aluno as conclusões que os debates ocasionaram. Dessa maneira, é extremamente importante que, periodicamente, os participantes do projeto sejam entrevistados para que comentem os resultados obtidos e, se houve, após a conclusão do projeto, ganhos reais na atitude e reflexão sobre o autoconhecimento. Inúmeras experiências desenvolvendo projetos similares nos mostram que o valor dessas ações como ferramentas de uma mudança da autopercepção são muito grandes para a maioria, mas extremamente reduzidas para alguns. O essencial é que sempre se mantenha acesa a chama das conclusões positivas extraídas do projeto, e isso se faz com entrevistas periódicas em que o monitor relembra iniciativas válidas.

AS MUITAS LINGUAGENS

Fica a critério dos participantes a elaboração de um painel com as conclusões do debate. Se prevalecer a ideia de que deve ser produzido, é interessante que usem linguagens diferentes, como textos, recortes, pinturas e desenhos. Não se exclui a possibilidade de paródias musicais construídas a partir das conclusões dos debates e nem mesmo da constituição de um jogral que apresente uma síntese das conclusões alcançadas.

LINHA DO TEMPO OU CRONOGRAMA

Como o projeto envolve apenas dois grandes momentos, levantamento das questões e debate, o cronograma é extremamente simples. É importante, porém, que essas discussões sejam realizadas diversas vezes por ano e, nesse sentido, é necessária a marcação prévia das datas para sua realização.

AVALIAÇÃO

A melhor avaliação desse projeto será sempre uma conversa leve e descompromissada com os alunos sobre o alcance dos objetivos e em qual medida isso se deu. As perguntas dirigidas pelo monitor devem permitir ao aluno entrevistado ampla franqueza e liberdade de suas opiniões. "O que achou do projeto? Você sente que agora se conhece melhor? O que poderia ser feito para que você se conhecesse ainda mais? Que sugestões propõe? Quais obstáculos existem para que se conheça melhor? Em que você é igual e em que é diferente de seus amigos? Quais seus sonhos? O que pensa fazer para realizá-los?"

E outras, muitas outras, levando sempre os alunos a interiorizarem pensamentos para o progressivo alcance de uma consciência da totalidade do ser humano e de sua realidade enquanto espírito e corpo, sensibilidade e sentido, responsabilidade e espiritualidade. O verdadeiro sentido de uma educação com amor não deveria ser o acalanto do sonho de apenas desejar felicidade, mas de poder procurar as pequeninas coisas que a estruturam e, serenamente e a cada dia, construir o objetivo de buscar descobri-la.

Conclusão

A escola que sonhamos, a escola com que sonham os educadores do mundo inteiro, é aquela em que as ações do aprender a conhecer, aprender a fazer, aprender a viver com os outros e aprender a ser, constituem objetivos de tal forma integrados que se torna desnecessário qualquer projeto específico para seu desenvolvimento e assimilação pelos alunos. Será uma escola onde o sentido do aprender abrigará também o sentido de aplicar e de fazer, de se relacionar e de melhor se conhecer e conhecer o outro. Mas, sejamos realistas, ainda estamos distante dessa escola de sonhos.

A realidade pragmática que temos a cada dia é ainda a de uma quase obsessão conteudística e de uma doentia apreensão pelos sistemas de avaliação propostos pela escola ou que venham de organismos oficiais. Uma escola muito mais comprometida com o sucesso dos alunos que com sua felicidade.

Essa realidade ainda não permite que temas como amor, amizade, companheirismo, alegria e felicidade apareçam tão intensamente quanto os que envolvem as regras gramaticais, as regras de três, as capitanias hereditárias ou a descrição do planalto central. E, justamente porque ainda caminhamos da escola que temos para a escola que sonhamos, é que a pedagogia dos projetos é urgente e projetos como os dos quatro pilares da educação são essenciais.

Bibliografia mínima

ANTUNES, Celso. *Um método para o ensino fundamental: o projeto*. 3ª. Edição. Petrópolis: Vozes, 2002.

_____. *Novas maneiras de ensinar, novas formas de aprender...* Porto Alegre: Artmed, 2002

_____. *Abrindo as portas para o futuro*. Campinas: Papirus, 2006.

_____. *A grande jogada – Manual construtivista de como estudar*. Petrópolis: Editora Vozes, 11ª Edição, 1997.

COLL, César (org.). *O construtivismo na sala de aula*. São Paulo: Ática, 1998.

NOGUEIRA, Nilbo Ribeiro. *Aprendizagem com projetos – Projeto Lixo*. São Paulo: Editora Érica, 1998.

CONHEÇA TAMBÉM:

Celso Antunes — Como fomentar a amizade em sala de aula

Celso Antunes — Uma oficina de pensamentos e criatividade

Celso Antunes — Os jogos e a Educação Infantil

Anotações

Anotações

Anotações

Anotações

Anotações

Anotações

Anotações

Anotações

Anotações

Anotações

Anotações

Anotações

Anotações

Anotações

Anotações

Impressão e Acabamento